AF314081

CAMILLE DELTHIL

ANGÉLIQUE

POÈME — PENSÉES

PARIS

HETZEL, ÉDITEUR, RUE JACOB, 18

1869

MON AMI

VICTORIN CHABRIÉ

C.

En vérité, pour peu qu'on laissât faire certains amateurs d'ostracisme, il ne serait pas étonnant de voir bientôt les poètes chassés de nos démocraties, non point couronnés de fleurs ainsi que le voulait jadis le divin Platon, mais plutôt couverts de risées et le front cerclé d'épines.

Déjà, bon nombre de braves gens attroupés sous les pennons d'un réalisme barbare, affirment, un sourire épais sur les lèvres, que le travailleur et l'amuseur ont seuls le droit de vivre dans une société essentiellement positive et pratique telle qu'est la nôtre. Quant au poète... à quoi bon? Admirable synthèse!

Quoi qu'il en soit, et pendant qu'on veut bien me le permettre encore, je me hasarde à publier des vers.

Voici donc, bénévole lecteur, un léger poème parisien tout d'actualité et de vérité. Moi aussi « j'ai vu les mœurs de mon temps, » comme dit certaine épigraphe.

———

ANGÉLIQUE

POÈME PARISIEN

Magna adulteria.

TACITE.

Oui, l'Idéal se meurt. Oui, le Réel l'emporte ;
Sur ses coursiers d'airain il passe en rugissant ;
Au fond de notre cœur toute croyance est morte,
Et le pudique Amour voile un front rougissant.

Que porte l'avenir en son flanc insondable ?
Est-ce un Dieu jeune et fort, raisonnable et charmant ?
Est-ce un gnome hideux, un monstre méprisable ?
Que va-t-il donc sortir du long enfantement ?

Ah ! le travail sera douloureux et pénible,
La mère en se tordant râlera sous le fer ;
Il faut du sang versé dans cette lutte horrible :
Pour le gnome ou le Dieu le siècle aura souffert.

Sur terre il fut toujours deux races ennemies :
L'une, qui porte au front le sceau de l'Idéal,
L'autre, au vaste abdomen tout gonflé d'infamies,
D'appétits sensuels et d'amour bestial.

L'une dit : « Le savoir, le travail, la sagesse,
L'art civilisateur, c'est moi, c'est le Progrès. »
L'autre répond : « Je suis l'imposante Richesse,
Jouir est mon seul but, et que m'importe après ? »

Ainsi toutes les deux, dans leur haine implacable,
Se livrent sans repos de terribles combats.
Mais l'avenir verra, — dénouement redoutable, —
Celle qui doit régner sans partage ici-bas.

D'aucuns, je le crains bien, trouveront ce prologue
Trop apocalyptique et du genre ennuyeux ;
Allons, ma Muse, prends un air un peu moins rogue,
Et soyons tour à tour aimable et sérieux.

Il était à Paris, — ceci n'est pas un conte, —
Une charmante enfant belle comme le jour,
Belle comme le fut, ainsi qu'on le raconte,
La divine Psyché que séduisit l'Amour.

Elle portait le nom gracieux d'Angélique,
Elle avait de beaux yeux comme on n'en vit jamais,
Brillants et doux, empreints d'un calme évangélique ;
Les femmes lui trouvaient l'air un peu gauche, mais

C'est un charme de plus chez une jeune fille.
Sa mère avait rêvé pour elle un avenir
Splendide ; diamants, satins, tout ce qui brille,
Hôtel, chevaux, et puis un mari pour finir.

Son pied foulait déjà cette terre promise
Où sur des sables d'or un Pactole roulait.
Dans les meilleurs salons Madame était admise,
Angélique y parut, son succès fut complet.

Jeunes, vieux, laids ou beaux, les banquiers, les vicomtes,
Les officiers hardis, les sportsmen ennuyeux,
Les diplomates froids et les graves gérontes,
Vinrent papillonner autour de ses beaux yeux.

Ce fut un feu roulant d'épithètes flatteuses,
— Ève est toujours en butte aux ruses du Serpent ;
Tous assiégaient son cœur de promesses menteuses
C'est doux d'être en amour le premier occupant.

Mais l'enfant sut garder une candeur sereine,
Devant ces corrupteurs élégants et fleuris ;
Sa mère triomphait et ne fut point en peine
De prendre dans ses lacs le phénix des maris.

Parmi vingt prétendants, on choisit le plus riche.
C'était un loup-cervier, — section des reports, —
Rouge comme un homard, rond comme une bourriche,
Des pieds de portefaix et des mains de recors.

Amour, où sont, Amour, tes superbes cantiques !
Où sont vos longs baisers mêlés de doux aveux,
O Daphnis et Chloé ! cœurs tendres et pudiques !
Qu'êtes-vous devenus, timides amoureux,

Vous, qui devant un frais et calme paysage,
Sous la verte saulaie, au bord des clairs ruisseaux,
Le front enguirlandé d'un verdoyant feuillage,
Dansiez joyeusement au son des gais pipeaux ?

Et vous, blanches beautés, qu'êtes-vous devenues ?
Juliette, Ophélie, Héloïse, fronts purs
Qu'embellirent jadis les grâces ingénues ;
Vos époux n'étaient point des personnages mûrs

Et graves, des agents de change ou des notaires,
Mais de galants seigneurs tout prêts à vous charmer,
Des rêveurs doux et fiers, des âmes peu vulgaires,
Qui croyaient à l'Amour et qui savaient aimer.

A NGÈLE est maintenant Madame la baronne,
Elle habite un hôtel dans le quartier d'Antin.
Dans les raoûts et les bals, l'hiver elle rayonne ;
Elle s'épanouit à Bade, au mois de juin.

C'est la reine du jour ! Libre dans ses caprices,
Prodiguant les trésors de sa jeune beauté,
Elle boit longuement les perfides délices,
Que verse en souriant la folle vanité.

Elle n'ignore plus l'art terrible de plaire.
Sa lèvre est sensuelle, et de fauves ardeurs
S'échappent par éclairs de sa longue paupière ;
C'est le fard aujourd'hui qui lui fait des pudeurs.

Ses lourds cheveux, tordus par une main savante,
Retombent sur ses reins parfumés et polis,
Son allure est rhythmique, et sa gorge éclatante
A des rougeurs d'aurore et des blancheurs de lis.

C'est le type charmant de la Parisienne,
Vive comme un oiseau, plus fine qu'un démon,
Mystique et libertine, incrédule et chrétienne,
Le jour : sainte Thérèse ! et la nuit : Marion !

Mais Angèle s'ennuie... Ah ! la terrible chose,
Que cet ennui cloué sur un front de vingt ans,
Cet ennui qui vous suit pas à pas, l'air morose,
Avec sa griffe ouverte, avec ses longues dents ;

Toujours plein de désirs, toujours insatiable,
Ce père des Néron et des Caligula,
Qui, mélangeant le sang au vin vieux de la table,
S'accompagnait du luth lorsque Rome brûla.

Oui, terrible est l'ennui sur le front d'une femme
Belle et riche, et comment, et par quoi l'apaiser ?
Ce qu'on n'achète pas dans ce Paris infâme,
C'est un timide amour, c'est un chaste baiser ;

Et c'était là parfois le seul rêve d'Angèle,
La douce vision qui troublait son sommeil,
Sous les rideaux brodés de son lit de dentelle,
Alors que pàlissait la lampe de vermeil.

Il lui prenait encor d'étranges fantaisies :
Quitter le monde, fuir aux lieux inhabités;
Son esprit s'emplissait d'ardentes poésies,
De fauves passions et d'amours indomptés.

D'autres fois, se parant d'une grâce pudique,
En peignoir de linon, les cheveux en bandeaux,
Elle redevenait la candide Angélique,
La perle de beauté cachée au fond des eaux.

Puis, elle avait des goûts excentriques, bizarres,
Parlait chevaux pur sang, rêvait mets inconnus,
Ou macérait sa chair par des actes barbares,
Impitoyablement flagellant ses seins nus.

Il existe, dit-on, une fleur introuvable,
Qui croît dans un pays lointain et merveilleux ;
Une étonnante fleur à la voix adorable,
Le charme de l'ouïe et le charme des yeux.

Idéal ! Idéal ! c'est toi, cette fleur rare,
Qui sans cesse irritant notre éternel désir,
S'éloigne, fuit encore et toujours nous égare,
C'est toi, la *Fleur qui chante*, impossible à saisir.

Le mari d'Angélique, en homme raisonnable,
Laissait faire sa femme, et comme passe-temps
S'était accommodé d'une fille admirable,
Qui traînait sa beauté dans les cafés chantants.

A Paris, ce sont là choses fort ordinaires
De trouver des époux aussi bien assortis ;
Femmes sans jalousie et maris débonnaires
Vivent séparément, de l'accord des partis.

Plus de tendres amours, plus de douces caresses,
Près du foyer désert vient grelotter l'ennui :
Madame a des amants, Monsieur a des maîtresses,
Et tout va pour le mieux, — c'est la mode aujourd'hui.

LE beau Roger, jamais n'a trouvé de cruelles.
C'est un fier gentleman, grand dompteur de chevaux.
Amateur de brelans et coureur de ruelles,
Célèbre au champ de course et dans les villes d'eaux.

Il fut, pendant un temps, l'un des rois de la mode :
La jeunesse dorée écoutait ses leçons
Et lui faisait la cour, le sachant peu commode ;
Il avait eu des duels de toutes les façons.

Se raillant de l'amour, persiflant le courage,
Plus traître qu'un stylet et plus faux qu'un jeton,
C'était au bout du compte un vilain personnage,
Malgré tous ses grands airs de roué de bon ton.

Quelques-uns le tenaient d'origine suspecte,
Mais le disaient tout bas, n'étant point spadassins,
Bah ! quand on a de l'or et la mise correcte,
Peut-on vous demander de meilleurs parchemins ?

Le vicomte Roger fréquentait les deux mondes,
— Le grand et le demi ; — c'est une volupté,
Lorsque l'on s'est courbé sous des amours immondes,
De traiter en vainqueur quelque altière beauté.

Ce fut un soir de bal, au son de la musique,
Que notre séducteur attaqua savamment
L'imprenable vertu de la fière Angélique,
Qui soutint cet assaut sans faiblir un moment.

Mais quel cœur féminin est-il toujours de glace ?
Quel, de tous les combats, sort-il donc triomphant ?
Roger, c'est tour à tour Werther et Lovelace !
Angèle est sans amour, Angèle est sans enfant.

Toi, qui n'as pas senti les douces allégresses
De la maternité s'éveillant dans ton sein ;
Toi, qui ne connais point les naïves caresses
Et le babil joyeux d'un rose chérubin ;

Toi, qui n'as pour lien qu'un lourd devoir stérile,
Quelle petite voix rieuse chassera
De la Tentation le cauchemar fébrile ?
Qui te protégera ? qui te consolera ?

L'Enfant, c'est la gaîté, l'Enfant, c'est le courage,
C'est le fruit attendu des floraisons d'avril,
C'est le ressouvenir des chansons du jeune âge,
Et c'est le bouclier au moment du péril...

« La victoire est gagnée ! Angélique est vaincue ! »
Ce bruit se répandit bientôt dans tout Paris.
Au club on en glosa : « Hé quoi ! déjà battue !
« Sans nous donner le temps d'établir les paris ! »

Dans les brillants salons on railla le bon sire
(Je parle du mari); perfides jusqu'au bout,
Les femmes le plaignaient, disant : « C'est mal d'en rire. »
Bref, ces grands déshonneurs furent d'un haut ragoût.

Tandis que la *gentry*, friande de scandales,
Se racontait ainsi l'événement du jour,
Loin des amis jaloux et des beautés rivales,
Nos amants se juraient un éternel amour.

L A petite maison se cache sous les branches.
C'est un nid d'amoureux, frais, coquet, parfumé ;
Sur ses murs le jasmin grimpe avec les pervenches
Et les liserons blancs, quand vient le mois de mai.

Dès l'aube, en souriant le soleil la salue,
Et les oiseaux jaseurs nichés dans les buissons,
De l'astre aux rayons d'or annoncent la venue,
Par des trémoussements d'ailes et des chansons.

Point d'usine bruyante ici, point d'industries ;
A l'entour tout est calme, et l'œil peut contempler
Un horizon sans fin de campagnes fleuries,
Que des troupeaux errants parfois viennent peupler.

Au dedans la maison est une bonbonnière
En style Pompadour ; les décors de Boucher
N'ont point encor perdu leur grâce printanière,
Un temple de l'Amour sert de chambre à coucher.

Séjour voluptueux digne de Cythérée,
A grands frais décoré selon le goût du temps,
Sous Louis Quinze il fut la nouvelle Caprée
Où vinrent s'ébaudir caillettes et traitants.

C'est là, dans cet Éden sensuel et mystique,
Qu'Angélique et Roger, sous les lilas en fleurs,
De l'âme et de la chair entonnant le cantique,
Cachent à tous les yeux de fougueuses ardeurs.

Rivale de l'Amour, déesse sans mamelles,
Compagne de la Mort, féroce Volupté,
D'autres ont pu vanter tes ivresses charnelles,
Où le mépris se mêle à la satiété.

D'autres ont célébré sur un rhythme cynique,
Les plaisirs énervants, les stériles baisers,
D'autres ont adoré la Vénus impudique,
Et ses transports ardents toujours inapaisés.

Moi, je voudrais flétrir tes débauches infâmes,
Qui n'offrent de l'amour qu'une contrefaçon,
Et dont les jeux lascifs ne valent pas, ô femmes !
Le bon, le frais baiser d'un honnête garçon.

Je voudrais... Il vaut mieux achever mon histoire ;
A tort je m'échauffais la bile, j'en conviens,
Notre France a des goûts Régence et Directoire,
Et nous aimons toujours les aimables vauriens.

Dans ce Paris charmant où l'esprit se façonne,
Le terrible Othello ne vient plus, l'air marri,
Sur un simple soupçon étouffer Desdémone :
C'est l'amant qui se fait le vengeur du mari.

Roger fut bientôt las de vivre loin d'un monde
Changeant dans ses amours, bruyant dans sa gaîté,
De ce monde attirant où le plaisir abonde ;
Ses serments éternels durèrent un été.

L'indifférence tue aussi bien que la haine :
Angèle se sentit, par ce lâche abandon,
Mortellement frappée, et la belle hautaine,
Pleura sur ses malheurs les larmes de Didon.

Elle souffrit vraiment, la pauvre humiliée,
L'amour pardonne tout, tout, hormis les mépris :
Roger à ses plaisirs l'avait sacrifiée ;
Il en riait, peut-être, auprès de ses amis.

Peut-être, dans les bras d'une indigne rivale,
Cet homme, qui flattait autrefois son orgueil,
Prodiguait-il déjà sa tendresse banale...
Ah ! mieux valait l'oubli ténébreux du cercueil !

L'oubli vint, sans la mort, car nos Parisiennes
Se gardent de pousser si loin les dévoûments,
Un rayon de soleil filtrant sous les persiennes
Chasse les diables bleus et les noirs dénoûments.

Angèle reparut au bois cent fois plus belle
Qu'on ne la vit jamais, et ses adorateurs
Se flattant en secret de la voir moins cruelle,
A son char triomphal enchaînèrent leurs cœurs.

Or, elle rebondit si haut après sa chute,
Qu'elle en eut le vertige et se prit à songer ;
Mais le mauvais esprit l'emporta dans la lutte,
En lui soufflant ces mots : « Où donc est le danger ?

« Quand le cœur n'aime plus, la femme est toujours forte,
« Reculer maintenant, ce serait t'avouer
« Coupable, et ta vengeance est-elle déjà morte ?
« Allons, tu dois forcer le monde à te louer

« Comme à te craindre, il faut que chacune jalouse
« Ton luxe et tes succès, il faut épouvanter
« Du pouvoir de tes yeux et l'amante et l'épouse ;
« Il faut qu'il puisse encor, l'ingrat, te regretter. »

⚜

En plein Paris, dès lors, la superbe baronne
Etale sans pudeur ses charmes insolents,
On la hait, on la craint, elle effraie, elle étonne,
Les plus audacieux près d'elle sont tremblants.

Portant monocle d'or, éperons et cravache,
Excentrique, en un mot, de la nuque au talon,
Elle fait à Longchamps, avec l'air d'un bravache,
Écumer et bondir un fougueux étalon.

Et le monde applaudit à ces excès d'audace.
Roger même, dit-on, sur un propos léger,
Vient de se battre avec celui qui le remplace
Dans le boudoir d'Angèle, à l'heure du berger.

Mais il n'est pas d'azur qu'un voile n'obscurcisse,
Pas d'océan qui garde un flot toujours uni,
Pas de mont orgueilleux qui n'ait son précipice,
Et pas d'heur qui ne soit par un malheur puni.

La tempête se forme, elle gronde, elle éclate :
C'est le mari qui vient, inattendu rival,
Sur sa part de butin poser sa lourde patte,
Et dire arrogamment : « Voici mon bien légal. »

Angèle de nouveau lui semble appétissante,
Et le vieux débauché sent croître dans son cœur
Quelques regains d'amour; puis, raison très puissante,
Tout cet or gaspillé lui donne de l'humeur.

Lorsqu'une femme veut, en devançant la mode,
Rivaliser avec des filles de portier,
Quoi que vous en disiez, un mari c'est commode,
Pour payer la modiste avec le couturier,

Et voilà tout! Après il serait malhonnête
Qu'il osât réclamer une faveur, ah ! fi !
Comme superbement en redressant la téte,
On vous l'écraserait d'un regard de défi.

Mais notre vieux baron avait une âme atroce,
Sous des dehors bénins. Il faisait le gros dos,
Le traître loup-cervier, mais sa griffe féroce,
Dès qu'elle se montrait, déchirait jusqu'aux os.

Cet homme positif vint donc trouver sa femme,
Et lui tint ce propos, en style de boursier :
— « Vous avez dépensé trois millions, Madame,
« C'est dix fois votre dot, et je suis le caissier

« Sans être le mari...— « Monsieur !... » — « Point de réplique,
« Choisissez sur-le-champ entre le monde et moi... »
— « Mon choix est déjà fait, repartit Angélique,
« Baron, vous savez trop tout ce que je vous doi. »

QUATRE ans sont écoulés ; Angèle est séparée
De son mari, — quatre ans ! c'est une éternité,
A Paris, et déjà l'idole dédorée
Vend les derniers lambeaux de sa divinité.

Détournez-vous, mes yeux, des pâles Messalines
Que l'adultère lègue aux prostitutions,
Il est au cœur humain d'effrayantes sentines...
Gardons-nous de toucher à ces infections.

Je ne veux point tenter de trop vives peintures.
Si Juvénal l'osa, c'est que ses vieux Romains,
Naïfs dans leur cynisme et francs dans leurs luxures,
Étaient moins pudibonds que nos contemporains.

Ne scandalisons pas ce Paris hypocrite,
Qui court d'un pas léger du spectacle au sermon,
Qui, l'œil libidineux et la mine contrite,
S'enveloppe de *cant* et de qu'en dira-t-on ;

Ce beau Paris fardé, blasé, parlant morale,
Prude dans ses propos, infâme dans ses goûts,
Redoutant le péché bien moins que le scandale,
Qui veut paraître pur jusque dans ses égouts...

— « Mais que devint Roger ?... » — Je ne veux point le taire :
Reconnu pour escroc, hué, chassé, flétri,
Ce noble sans aveu s'enfuit en Angleterre.
Les rieurs cette fois furent pour le mari ;

Car dès qu'il eut jeté son épouse à la porte,
L'héroïque baron mit un crêpe au chapeau,
Et dit à ses amis : « Messieurs, ma femme est morte. »
Or, généralement, le mot fut trouvé beau.

« De fidèles témoins m'ayant conté la chose,
« Clio... (1) — Vous sommeillez ? — Je sais ce que je dis ;
Malgré moi je songeais à la métamorphose,
Que le bon fablier nous raconta jadis :

« *Baucis devient tilleul, Philémon devient chêne,*
« *On les va voir encor' afin de mériter*
« *Les douceurs qu'en hymen...*» — Ah ! mon vieux La Fontaine,
Ce sont là les douceurs qu'on ne sait plus goûter.

Brave homme, dira-t-on, vous êtes ridicule...
Philémon et Baucis ! une telle union
Pourra charmer ces gens à modeste pécule,
Qui visent à gagner le grand prix Monthyon :

Mais nous assimiler à cette sotte espèce,
Nous, les cerveaux hâtifs d'un siècle vraiment fort,
Nous, les fils de Balzac, votre triste sagesse
Était bonne du temps de Jupiter-Stator !

---

(1) La Fontaine.

— Ainsi répondras-tu, société légère,
Sans souci du cancer qui te ronge les flancs.
Mais chaque jour verra s'agrandir ton ulcère,
C'est la mort que tu vas léguer à tes enfants.

Il se prépare encor de grandes funérailles !
Et ces mondes brillants d'audace couronnés,
Comme de Jéricho les superbes murailles,
Tomberont tout à coup, car ils sont condamnés.

Il faut qu'un sang plus frais vienne gonfler nos veines ;
Il nous faut d'autres reins, il nous faut d'autres bras,
Il faut purifier les cœurs et les haleines,
Et relever les fronts qui se courbent trop bas.

Il faut qu'un vent d'en haut chasse les lourds miasmes
Qui rendent pestilent l'air que nous respirons ;
Il nous faut des vertus et des enthousiasmes,
Par là nous serons forts, par là nous grandirons.

Tu ne crois plus au vrai, tu ne crois plus au juste,
Vieille société faite de boue et d'or,
Tu cherches des plaisirs sur ton lit de Procuste,
Ah ! le fumier de Job est préférable encor !

O sainte pauvreté, mère des grandes œuvres,
Épouse du Devoir, compagne des Vertus,
Toi qui mets un reflet au nom de ces manœuvres
Qui passent parmi nous haïs et méconnus !

Pauvreté qu'honoraient les vieilles Républiques,
Pauvreté des savants, pauvreté des guerriers,
Je baise avec respect tes haillons héroïques :
Les hommes étaient fiers sous tes habits grossiers !

Notre drap est plus fin, moins rude est notre écorce,
C'est un progrès, dit-on, je ne conteste pas.
La gaîne ne fait point d'une lame la force,
Il est encor des cœurs trempés comme un damas.

Mais ne voulez-vous pas que l'âme s'épouvante,
De voir tant de faquins repus et corrompus,
De raffinés experts en volupté savante,
Se rire insolemment de toutes les vertus!

Ils ne craignent donc pas qu'une main vengeresse,
Lasse de caresser ces cyniques héros,
Dans un jour de justice et de sanglante ivresse,
Ne vienne rudement les fouailler jusqu'aux os.

Alors, peut-être alors, battus de la tourmente,
Déchirant leur poitrine et se frappant le front,
Semblables aux damnés de la cité dolente,
Sur les bords de l'abîme ils se repentiront.

Camille DELTHIL.

9328 — Paris. Typographie Alcan-Lévy, boulevard de Clichy, 62

Paris. — Typ. Alcan-Lévy, boul. de Clichy, 62.